DOCUMEN'

MAITRE EN LANGUES ET LITTERATURES FRANÇAISES ET ROMANES
(UNIVERSITÉ CATHOLIQUE DE LOUVAIN)

MW01615545

La Nuit de feu

ÉRIC-EMMANUEL SCHMITT

lePetitLittéraire.fr

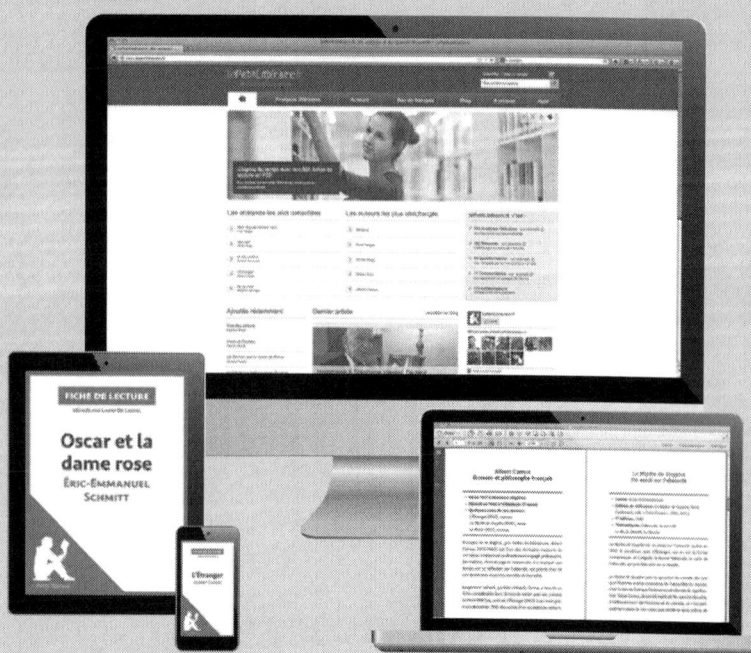

Éric-Emmanuel Schmitt
Écrivain franco-belge

- **Né en 1960 à Sainte-Foy-lès-Lyon (France)**
- **Quelques-unes de ses œuvres :**
  - *Le Visiteur* (1993), théâtre
  - *L'Évangile selon Pilate* (2000), roman
  - *Oscar et la Dame rose* (2002), roman

Éric-Emmanuel Schmitt est un Français naturalisé Belge aux multiples facettes : s'il est avant tout romancier, nouvelliste, essayiste et dramaturge, il est également scénariste (*Monsieur Ibrahim et les Fleurs du Coran*, F. Dupeyron, 2003), réalisateur (*Odette Toulemonde*, 2006 ; *Oscar et la Dame rose*, 2009) et comédien (*L'Élixir d'amour*, 2015). Ce grand écrivain est l'un des auteurs francophones les plus lus dans les établissements scolaires et, plus largement, dans le monde.

Son œuvre est empreinte de philosophie et de spiritualité, qui ont toutes deux profondément marqué sa vie. Son *Cycle de l'Invisible* aborde par exemple plusieurs religions : le bouddhisme dans *Milarepa* (1997) et *Le sumo qui ne pouvait pas grossir* (2009), l'islam dans *Monsieur Ibrahim et les Fleurs du Coran* (2001), le christianisme dans *Oscar et la Dame rose*, le judaïsme dans *L'Enfant de Noé* (2004), et le confucianisme dans *Les dix enfants que madame Ming n'a jamais eus* (2012).

La Nuit de feu
Une révélation de Dieu

- **Genre :** récit
- **Édition de référence :** *La Nuit de feu*, Paris, Albin Michel, 2015, 183 p.
- **1re édition :** 2015
- **Thématiques :** conversion, révélation de Dieu, voyage dans le désert, philosophie, spiritualité

La Nuit de feu est le récit du voyage d'Éric-Emmanuel Schmitt dans le Sahara en 1989 et de sa conversion spirituelle, à l'âge de 28 ans. Outre la rencontre avec un autre mode de vie et l'ascèse, ce périple lui apporte une révélation divine. Comme le philosophe rationaliste français Blaise Pascal (1623-1662), il vit une « nuit de feu », une nuit où la présence de Dieu s'impose à lui et où il commence à croire.

Il ne cherche pas à convaincre le lecteur par son récit, mais plutôt à témoigner d'une expérience fondamentale de son existence. Ceci explique la dimension spirituelle de son œuvre, ainsi que l'espoir qui subsiste immanquablement malgré le malheur des histoires qu'il narre dans ses romans.

RÉSUMÉ

LA RÉVÉLATION DE DIEU

En 1989, Éric-Emmanuel Schmitt reçoit la révélation de l'existence de Dieu lors d'une nuit dite « de feu », en référence à l'expression utilisée par Blaise Pascal lors de sa propre illumination. Perdu et seul dans le désert, enfoui partiellement sous le sable pour échapper au froid, l'écrivain se sent flotter, comme s'il habitait deux corps, l'un sur le sol, l'autre en lévitation vers le ciel, insensible aux souffrances terrestres. Il sent une force – qu'il appellera ensuite Dieu, par tradition, à défaut de savoir comment la qualifier autrement – qui l'élève, le fait grandir et entrer dans le feu, avec lequel il fusionne. C'est une expérience mystique difficile à traduire en mots, car elle les dépasse, ainsi que les réalités concrètes et humaines.

Grâce à cette révélation, l'auteur comprend que toute chose a un sens et que rien n'arrive par hasard. Cela lui apporte une grande joie et une profonde sérénité. Tandis que l'idée d'un monde insignifiant et issu du fruit du hasard l'angoissait, se savoir un des maillons de la création de Dieu le réconforte. Il se sent en paix avec lui-même, en accord aussi bien avec son corps, son cœur et son intelligence.

Avoir reçu une telle illumination lui donne également confiance en lui et une certaine légitimité en tant qu'écrivain : il n'écrit pas pour lui-même ou pour la gloire, mais pour transmettre les histoires qui le traversent. C'est en effet en rentrant de ce voyage qu'il commence véritablement à écrire et devient l'auteur prolifique que l'on connaît aujourd'hui.

LE VOYAGE DANS LE SAHARA

Cette révélation a eu lieu dans un contexte particulier : un voyage dans le Sahara. Engagé comme scénariste pour un film sur Charles de Foucauld (explorateur et ermite français, 1858-1916), Éric-Emmanuel Schmitt part en repérage des lieux du tournage avec le réalisateur, Gérard. Ils sont accueillis à Tamanrasset en Algérie par Moussa, un Touareg (habitant du Sahara, souvent nomade) avec qui ils avaient précédemment échangé des e-mails. Pendant le diner chez ce dernier, ils discutent de la vie de nomade et des sites qu'ils visiteront : le marché aux bijoux, puis ce qu'il reste de la demeure de l'explorateur français.

Le lendemain, ils sont rejoints par un groupe de huit personnes, avec qui ils réaliseront l'expédition dans le désert jusqu'à l'ermitage de Charles de Foucauld. Leurs nouveaux guides sont Donald, un Américain, et Abayghur, un autre Touareg. Parmi les touristes se trouvent deux scientifiques qui se chargeront de leur fournir des explications pendant la marche : Thomas, un géologue, et Jean-Pierre, un astronome. Avant le départ, les voyageurs échangent leurs impressions, excepté Gérard qui préfère s'éloigner du groupe. Martine et Marc, son mari, sont assez anxieux, ils ont peur de revenir dépressifs, comme l'un de leurs amis, tandis que Ségolène craint de s'éloigner de la civilisation : pourront-ils revenir à temps si quelqu'un se blesse, se demande-t-elle par exemple. Éric-Emmanuel Schmitt partage ces peurs et préfère s'éloigner à son tour de ce climat négatif.

Pendant la marche dans le désert, il se rapproche de Ségolène, catholique, avec qui il échange au sujet de la foi. Elle cherche à comprendre pourquoi il ne croit pas et à le convaincre par des arguments philosophiques. Il lui en expose alors d'autres en se référant à différentes théories et en expliquant pourquoi elles ne le convainquent pas :

- la théorie de l'horloger de Voltaire (philosophe et écrivain français, 1694-1778) affirme qu'un mécanisme aussi complexe qu'une horloge ou que l'univers ne peut s'être créé seul, il y a forcément un Créateur. Éric-Emmanuel Schmitt pense néanmoins qu'une analogie ne constitue pas une preuve. Dieu n'est qu'une explication plausible parmi d'autres à l'existence du monde ;
- le consensus universel s'appuie sur le fait que de tout temps, les hommes ont cru en des divinités. Pour autant, le nombre de croyants n'implique pas qu'ils aient raison ;
- la preuve cosmologique utilise, quant à elle, le principe de causalité, qui déclare qu'à moins de remonter à l'infini de cause en cause, il existe forcément une cause originelle, Dieu. Mais l'écrivain-philosophe ne croit pas non plus à cette « cause sans cause » ;

- la preuve ontologique postule que Dieu ayant toutes les qualités, Il a forcément celle d'exister. Or, cela demeure du domaine des idées, non de la réalité, car ce n'est prouvé par aucune expérience.

Si l'attitude d'Éric-Emmanuel Schmitt, qui est en proie à des questionnements incessants, intéresse Ségolène, elle agace en revanche les scientifiques et la plupart des autres touristes, qui préfèrent des explications, même fausses, aux mystères irrésolus tels que la création de l'univers. C'est pourquoi ils se raccrochent aux exposés rationnels, qui leur donnent le sentiment de comprendre le désert et le ciel. Pour le philosophe, ce ne sont que des théories, qui en ont remplacé d'autres, d'ordre religieux ou scientifique, et qui seront balayées par de nouvelles à l'avenir.

Éloigné de ces conversations, notamment à cause de la barrière de la langue, Abayghur se rapproche d'Éric-Emmanuel Schmitt, d'abord en s'amusant de sa distraction (il cache, par exemple, des pierres dans son sac, sans que l'écrivain s'en rende compte), en le soignant, puis surtout en le retrouvant après que ce dernier s'est perdu dans le désert pendant une nuit. Ils échangent sur leur vie et sur leur culture en imaginant partiellement les réponses de l'autre ou en demandant à Donald de jouer le rôle d'interprète.

La « nuit de feu » a lieu peu avant les derniers jours de l'expédition. Parvenus au pied du mont Tahat, Éric-Emmanuel Schmitt, Donald et quatre autres touristes entreprennent de le gravir. C'est sur le chemin du retour que l'écrivain décide de passer devant les autres, sans les attendre, et se retrouve du mauvais côté, seul et perdu. Alors que la nuit tombe, il reçoit la révélation de l'existence de Dieu. Le lendemain matin, il entreprend de retourner au sommet du mont, puis de le redescendre du bon versant pour rejoindre le groupe. Il est retrouvé par Abayghur, qui avait allumé des feux durant la nuit pour l'aider à se diriger dans le désert. Fragilisé par cette longue marche, il finit l'expédition à dos de chameau, sans révéler son illumination à ses compagnons de voyage.

Parvenus aux frontières du désert et au terme de leur marche, la plupart des touristes sont soulagés. Martine et Marc, en particulier, reviennent égaux à eux-mêmes, se plaignant de l'état de leurs pieds ; ils ont traversé le désert comme une suite d'obstacles, sans en retirer quoi que ce soit d'autre que la satisfaction de l'avoir entrepris. Éric-Emmanuel Schmitt se sent, quant à lui, triste de quitter cet environnement, qui est devenu son pays de cœur, celui des apatrides et « des vrais hommes qui se défont des liens [...] le pays de Dieu » (p. 169). Il en revient grandi, plus humble, fort d'une foi qu'il cultivera tout au long de sa vie.

ÉTUDE DES PERSONNAGES

ÉRIC-EMMANUEL SCHMITT

Éric-Emmanuel Schmitt se met en scène avec une certaine lucidité dans son récit, en exposant aussi bien ses qualités que ses défauts. Le lecteur peut ainsi attester de l'intelligence et de la sensibilité de l'auteur à travers ses réactions tout au long du récit. Cependant, il se montre par moment quelque peu arrogant, voire condescendant, et fait preuve d'une certaine jalousie, liée à sa possessivité envers les personnes qu'il apprécie. Il a également tendance à agacer certains voyageurs par son attitude d'intellectuel et de philosophe comme lorsqu'il cite des extraits de poèmes ou remet en question les certitudes des autres, qu'il s'agisse des scientifiques ou de la catholique Ségolène.

Avant que sa révélation ne lui apporte davantage de sérénité, il apparait comme quelqu'un de très angoissé : maniaque de l'hygiène, inquiet à l'idée des bêtes du désert, agacé par sa mauvaise condition physique ou par le fait de ne pas profiter du voyage pour réfléchir lors des premières marches. Il semble mal dans sa peau, et cela se traduit notamment par deux phénomènes : sa difficulté à émerger du sommeil et celle à accepter son corps tel qu'il est. Ainsi qu'il l'écrit, il ne se « réveille jamais entier ; des parts de [lui] restent engluées dans le sommeil. [Il] émerge de chaque nuit comme un cadavre échoué au bord d'une plage à marée basse » (p. 15). Comme s'il refusait de réintégrer son corps, son esprit ne lui revient pas immédiatement au réveil ; il semble se fuir lui-même. Cela rejoint sa difficulté à accepter son corps : dès l'adolescence, il l'a regardé grandir comme un être indépendant, alors que son esprit est resté celui d'un enfant. De plus, il ne se reconnait pas dans ses rondeurs et ses muscles : « Si je m'étais donné un faciès, il aurait été fin ; et si j'avais choisi mon physique, je l'aurais préféré gracile, à l'image de mes doutes ou de mes interrogations. » (p. 41)

LES GUIDES

Moussa

Moussa est un Touareg « grand, étroit, frêle, couvert de coton noir, le teint acajou, [...] le sourire franc et joyeux » (p. 8). Il accueille Éric-Emmanuel Schmitt et Gérard à leur arrivée avec une spontanéité et une hospitalité qui surprend l'écrivain. Alors que dans la région d'origine de celui-ci la méfiance règne envers les étrangers et qu'il est rare d'inviter quelqu'un chez soi, Moussa se montre très attentif au bienêtre de ses hôtes. Lorsque ceux-ci n'achètent rien au marché aux bijoux, il ne doute pas un instant d'eux, mais de lui-même : il craint de ne pas avoir su trouver comment leur faire plaisir.

Abayghur

« Abayghur était beau, élancé, magistralement vêtu de lin indigo, la tête ceinte d'un chèche blanc. Ses traits avaient été dessinés avec précision et distinction par la main inspirée de la nature, profil d'aigle, lèvres nettes, iris perçants, l'ensemble gravé sur une peau d'un brun calciné. » (p. 35) Éric-Emmanuel Schmitt est immédiatement séduit par ce qu'Abayghur dégage : sa sérénité et sa culture. C'est la personne dont il se rapproche le plus durant le voyage. Le guide prend en effet soin de lui pendant les pauses nocturnes et s'enquiert de son avancée pendant la journée.

Il s'amuse également à le taquiner et à se moquer de sa distraction.

Ce nomade parfaitement adapté à la vie dans le désert impressionne les voyageurs lors de chaque halte : il fait du feu, prépare du thé et divers repas, et réussit même à cuire du pain dans le sable. Bien qu'il ne parle pas le français, il parvient à communiquer avec les touristes et à s'en faire apprécier.

Donald

Le troisième guide est « un Américain de trente ans nommé Donald, aux cheveux décolorés, longs, bouclés, qui mâchait notre langue en même temps qu'un chewing-gum » (p. 29). Il apparait assez blasé au premier abord, notamment lorsqu'il ressasse des blagues répétées à chaque voyage et ne parvient plus à leur donner l'illusion de la spontanéité. De même, l'écrivain a le sentiment que Donald feint l'assurance, ce qui ne le rassure pas quant à l'issue de ce voyage. La suite du récit le révèlera plus professionnel qu'il n'y paraissait, accomplissant sa tâche de guide et d'interprète d'Abayghur consciencieusement.

LES AUTRES VOYAGEURS

Gérard, le misanthrope

Réalisateur du film sur Charles de Foucauld, Gérard vient repérer les lieux du tournage avec Éric-Emmanuel Schmitt. Il a dû accepter de s'intégrer à une expédition de groupe, mais appréciant peu la compagnie des autres, il préfère s'isoler, peut-être par timidité. Il déconcerte par le « mélange de [tempérament de] feu et de retenue » (p. 118) qui le rend mystérieux pour les uns et antipathique pour les autres. L'écrivain devine, en le voyant prendre de nombreux médicaments, qu'il doit être malade ; cela l'empêche donc de participer à toutes les excursions, notamment l'ascension du mont Tahat.

Thomas et Jean-Pierre, les scientifiques

Thomas et Jean-Pierre sont deux scientifiques – le premier est géologue et le second astronome – dont le voyage a été financé par l'agence afin qu'ils partagent leurs connaissances avec les touristes. Passionnés par leur matière respective, ils prennent leur rôle très à cœur. Éric-Emmanuel Schmitt leur reproche au début de l'expédition leurs certitudes : persuadés de la véracité de la science, ils refusent les questionnements de la philosophie. Ils n'acceptent pas les mystères du monde (comme le « pourquoi » de l'univers, préférant s'en tenir au « comment ») et les comblent de leurs explications scientifiques.

Ségolène, la croyante

Ségolène est catholique et discute à plusieurs reprises de la foi avec Éric-Emmanuel Schmitt. Pour cette raison, il aurait pu se rapprocher d'elle après sa révélation, mais la façon de croire de la jeune femme est plus proche du savoir des scientifiques que de la croyance de l'écrivain ; l'obstination de la touriste à vouloir le convaincre de l'existence de Dieu le prouve. Elle aussi refuse le questionnement : sa foi est une certitude qui supprime les mystères du monde, leur donne une explication, non par la science dans son cas, mais par Dieu.

Éric-Emmanuel Schmitt ne se retrouve donc ni dans l'attitude des scientifiques ni dans celle de Ségolène ; contrairement à eux, il aborde la foi comme une remise en question perpétuelle et une profonde réflexion, sans se contenter de réponses traditionnelles ou toutes faites. Tandis que ses interlocuteurs s'appuient sur leurs connaissances et font en quelque sorte passer un test au désert (« Correspond-il à l'image que je m'en fais selon la science ou ma foi ? »), lui fait le choix de « désapprendre » ce qu'il sait et de se dépouiller de ses certitudes.

Marc et Martine, les touristes

Marc et Martine sont deux touristes dont l'attitude s'oppose également à celle d'Éric-Emmanuel Schmitt : tandis que ce dernier souhaite se recentrer sur lui-même et méditer, le couple semble étranger à toute conception spirituelle. Ils perçoivent l'expédition comme une suite d'obstacles à franchir, avec comme unique besoin celui de ressentir une certaine satisfaction ou une sorte de soulagement de l'avoir réalisé. Le périple apparait également dans leur cas comme une « obligation sociale » : leurs amis l'ont fait, ils doivent y participer à leur tour pour le raconter ensuite en société.

CLÉS DE LECTURE

L'ILLUMINATION DE LA FOI

La révélation de l'existence de Dieu implique pour Éric-Emmanuel Schmitt la croyance en lui, ainsi qu'une série d'idées et de conceptions de l'existence, énumérées ci-dessous.

« Tout a un sens. Tout est justifié. » (p. 139)

Avant sa « nuit de feu », l'écrivain s'était consacré à la philosophie, notamment à celle de Martin Heidegger (philosophe allemand, 1889-1976). Il en avait gardé une certaine anxiété et une conception du monde sans dieu, fruit du seul hasard. Cela l'avait conduit à la solitude et à l'arrogance, se voyant comme « seul pensant au milieu d'un univers qui ne pensait pas » (p. 159). Son questionnement perpétuel, plutôt que de lui permettre de trouver des réponses et la sérénité, ne lui apportait que de l'angoisse et du malheur.

En revanche, la révélation de Dieu lui procure une immense joie et une béatitude. Savoir que l'univers n'est pas dénué de sens et se considérer comme un de ses maillons le rend heureux. Il prend conscience qu'il fait partie d'un grand tout auquel il est essentiel, sans pour autant être le plus important. Il réintègre ainsi le monde, dont il se sentait exclu précédemment : « Je ne me sentais plus isolé, étranger, mais fécondé, uni. » (p. 159) Tout en se sachant petit au regard de l'univers et de la création de Dieu, il se sent grand d'en faire partie, d'être un des éléments de l'infini.

En outre, la révélation que tout a un sens et est justifié libère Éric-Emmanuel Schmitt de l'angoisse de l'ignorance. Ce qu'il ne comprend pas n'est pas sans raison pour autant et ce qu'il ignore ne doit pas l'inquiéter. Un dessein qui le dépasse préside à tout ce qui advient et existe ; c'est le destin, et non le hasard qui gouverne le monde.

> « Désormais, quand je ne saisirai pas quelque chose, je ferai crédit. La raison que je n'apercevrai pas, elle manquera à mon esprit, pas à la réalité. Seule ma conscience bornée touchera ses limites, pas l'univers. » (p. 139)

La mort n'est pas « une fin, mais un changement de forme » (p. 139-140)

De même qu'elle le libère de l'angoisse de l'ignorance, la révélation de Dieu permet à Éric-Emmanuel Schmitt de ne plus craindre la mort et de l'accueillir avec confiance. Il ne s'agit pas d'un retour au néant et d'un évènement dont ne sait rien, mais d'un retour, sous une autre forme, au grand tout dont on est l'un des maillons : « J'échapperais à cette terre pour gagner une patrie, l'unité première inconnue. » (p. 140) Ainsi perçue, la mort peut être abordée avec sérénité, tout comme la vie ; si la présence sur Terre et le fait de la quitter sont des réalités dont le sens échappe à l'homme, elles n'en ont pas moins une signification et une raison d'être.

« Un vrai talent doit transmettre des valeurs qui le dépassent et le portent. » (p. 178)

Avoir reçu une telle révélation donne également une certaine assurance à Éric-Emmanuel Schmitt, en tant qu'écrivain notamment. Sans se dire prophète, inspiré, ou portevoix de Dieu, il estime avoir le droit de prendre la parole pour transmettre ses valeurs et ce que lui a apporté cette révélation divine.

L'homme est libre

Recevoir la révélation de l'existence de Dieu, comme Éric-Emmanuel Schmitt, Blaise Pascal ou Charles de Foucauld, n'implique pas de perdre sa liberté de penser. Chacun d'eux aurait pu attribuer son illumination à une hallucination, l'oublier et la nier. Chacun d'eux était libre de nier le destin et de revenir à une conception du monde gouverné par le hasard. En d'autres mots, la croyance n'annihile pas l'intelligence ou la réflexion, toutes deux peuvent cohabiter.

LA CROYANCE ET LE SAVOIR

> « La foi est différente de la preuve. L'une est humaine, l'autre est un don de Dieu. C'est le cœur qui sent Dieu, et non la raison. Voilà ce que c'est que la foi, Dieu sensible au cœur, non à la raison. » (Citation de Blaise Pascal, p. 180)

Comme Pascal, Éric-Emmanuel Schmitt ne confond pas croyance et savoir. Lorsqu'on lui demande si Dieu existe, il répond honnêtement qu'il ne le sait pas, mais qu'il le croit. En tant que philosophe, il demeure agnostique, c'est-à-dire qu'il refuse de trancher sur la question de l'existence de Dieu et la considère comme insoluble d'un point de vue rationnel. Il ne peut fixer une réponse, négative ou positive, par sa raison ou par la science. Par sa foi, il se définit comme agnostique croyant : tout en ne pouvant pas la prouver, il croit en l'existence du divin. Les athées et les indifférents, quant à eux, ne savent pas si Dieu existe et, dans le cas des premiers, n'y croient pas ou, pour les seconds, s'en moquent.

L'attitude agnostique, qui garde une place pour l'ignorance et la recherche de la vérité, est la plus raisonnable selon Éric-Emmanuel Schmitt et celle qui permettrait de vivre en paix : en admettant ne pas connaitre la vérité, une fraternité se crée avec les autres personnes qui doutent, et ce même si leurs réponses au mystère de Dieu sont différentes. C'est lorsque certains affirment l'existence ou non d'un divin et cherchent à imposer leur vérité aux autres que les conflits surgissent. Il en est de même avec tous les autres mystères irrésolus, tels que la création du monde, le pourquoi de l'existence de l'univers et de l'homme, etc.

LA VIE DANS LE DÉSERT

Outre la révélation de Dieu, Éric-Emmanuel Schmitt a trouvé lors de sa marche dans le désert et en côtoyant les Touaregs une autre culture, caractérisée par les éléments suivants, en opposition à la vie occidentale :

- la vie nomade et le détachement matériel. Le voyage pendant une bonne partie de l'année crée un détachement vis-à-vis des possessions matérielles. Cela explique ainsi le dépouillement de l'habitation de Moussa, assez petite et presque vide. L'absence de porte est également révélatrice : il n'y a rien à voler chez lui, tout tient dans des sacs. Ce détachement lui permet d'accueillir chez lui des étrangers sans méfiance, tandis qu'à Lyon, où a grandi l'écrivain, l'hospitalité est beaucoup moins spontanée. Par contraste avec les nombreux objets dont s'entourent les Occidentaux, les rares possessions des Africains sont d'autant plus précieuses et les plaisirs simples, comme celui du thé, sont ravivés ;

- le désert, un lieu de méditation. Par son dépouillement, le désert favorise la réflexion, l'introspection et la richesse intérieure. L'éloignement des distractions matérielles et des autres humains provoque l'admiration de la nature, la joie d'en faire partie et d'exister. C'est pourquoi Abayghur se montre étonné et inquiet quand Éric-Emmanuel Schmitt lui explique qu'il n'y a pas de désert dans son pays : comment trouver le calme nécessaire pour méditer et se ressourcer, comment être à l'écoute de soi et de la nature en étant sans cesse entouré d'autres personnes ? L'écrivain lui désigne alors le ciel, sans préciser qu'il n'est pas aussi visible que dans le désert ;

- un rythme de vie plus lent. La lenteur caractérise la vie nomade dans le désert. Cela se manifeste, par exemple, par le fait que le chemin le plus court n'est pas privilégié, contrairement à l'habitude occidentale : l'expédition se fait en fonction des besoins des voyageurs, c'est-à-dire d'une oasis et d'un pâturage à l'autre. L'allure des dromadaires témoigne également de cette lenteur assurée et endurante.

PISTES DE RÉFLEXION

QUELQUES QUESTIONS
POUR APPROFONDIR SA RÉFLEXION...

- Dans son récit, Éric-Emmanuel Schmitt fait un parallèle entre son expérience mystique et la vie de Charles de Foucauld. Développez ce parallèle et comparez la façon dont la foi s'est révélée à chacun d'eux.

- « Longtemps, j'ai gardé cette foi secrète » (p. 177), explique l'écrivain. Pourquoi a-t-il gardé sa foi secrète et n'en a-t-il pas parlé à d'autres croyants ? Qu'est-ce qui l'a ensuite décidé à l'évoquer auprès de son entourage, dans la presse et, enfin, dans ce livre ?

- Éric-Emmanuel Schmitt évoque à plusieurs reprises le mépris occidental envers la foi (quelle que soit la religion). Quelle raison donne-t-il à cela ? Et quel est votre avis ?

- D'après l'auteur, son expérience mystique est difficile à exprimer par des mots. Dès lors, quels champs lexicaux et quelles métaphores emploie-t-il pour exprimer l'idée de Dieu ?

- Pourquoi Éric-Emmanuel Schmitt considère-t-il le désert comme le pays de Dieu ?

- « Si l'angoisse m'avait fait trop grand, la joie m'avait ramené à de justes proportions : pas grand par moi-même, plutôt grand par la grandeur qui s'était déposée en moi. » (p. 159) Commentez cette citation.

- Illustrez l'angoisse d'Éric-Emmanuel Schmitt avant sa révélation par des exemples et des passages de son récit.

- L'écrivain cite à plusieurs reprises des conceptions philosophiques. Choisissez-en une dans le récit, expliquez-la et rattachez-la à un courant philosophique et/ou à un philosophe en particulier.
- Au début de l'expédition, les voyageurs se rendent compte que personne n'a emporté de miroir : outre les aspects pratiques (impossible de se maquiller ou de se raser, par exemple), quelles sont les conséquences de cette absence d'image de soi, d'un point de vue psychologique ?
- Éric-Emmanuel Schmitt est aussi scénariste et dramaturge : pensez-vous que son récit pourrait être adapté au cinéma et/ou au théâtre ? Justifiez votre réponse.

Votre avis nous intéresse !

Laissez un commentaire sur le site de votre librairie en ligne et partagez vos coups de cœur sur les réseaux sociaux !

POUR ALLER PLUS LOIN

ÉDITION DE RÉFÉRENCE

- Schmitt E.-E., *La Nuit de feu*, Paris, Albin Michel, 2015.

ÉTUDE DE RÉFÉRENCE

- Révillion B., *Conversations spirituelles : 20 personnalités face à Dieu*, Paris, Mediaspaul, coll. « Grands témoins », 2012.

SUR LEPETITLITTÉRAIRE.FR

- Fiche de lecture sur *Monsieur Ibrahim et les Fleurs du Coran* d'Éric-Emmanuel Schmitt
- Fiche de lecture sur *La Part de l'autre* d'Éric-Emmanuel Schmitt
- Fiche de lecture sur *Odette Toulemonde* d'Éric-Emmanuel Schmitt
- Fiche de lecture sur *Oscar et la Dame rose* d'Éric-Emmanuel Schmitt
- Fiche de lecture sur *La Femme au miroir* d'Éric-Emmanuel Schmitt

Retrouvez notre offre complète sur lePetitLittéraire.fr

- des fiches de lectures
- des commentaires littéraires
- des questionnaires de lecture
- des résumés

ANOUILH
- Antigone

AUSTEN
- Orgueil et Préjugés

BALZAC
- Eugénie Grandet
- Le Père Goriot
- Illusions perdues

BARJAVEL
- La Nuit des temps

BEAUMARCHAIS
- Le Mariage de Figaro

BECKETT
- En attendant Godot

BRETON
- Nadja

CAMUS
- La Peste
- Les Justes
- L'Étranger

CARRÈRE
- Limonov

CÉLINE
- Voyage au bout de la nuit

CERVANTÈS
- Don Quichotte de la Manche

CHATEAUBRIAND
- Mémoires d'outre-tombe

CHODERLOS DE LACLOS
- Les Liaisons dangereuses

CHRÉTIEN DE TROYES
- Yvain ou le Chevalier au lion

CHRISTIE
- Dix Petits Nègres

CLAUDEL
- La Petite Fille de Monsieur Linh
- Le Rapport de Brodeck

COELHO
- L'Alchimiste

CONAN DOYLE
- Le Chien des Baskerville

DAI SIJIE
- Balzac et la Petite Tailleuse chinoise

DE GAULLE
- Mémoires de guerre III. Le Salut. 1944-1946

DE VIGAN
- No et moi

DICKER
- La Vérité sur l'affaire Harry Quebert

DIDEROT
- Supplément au Voyage de Bougainville

DUMAS
- Les Trois Mousquetaires

ÉNARD
- Parlez-leur de batailles, de rois et d'éléphants

FERRARI
- Le Sermon sur la chute de Rome

FLAUBERT
- Madame Bovary

FRANK
- Journal d'Anne Frank

FRED VARGAS
- Pars vite et reviens tard

GARY
- La Vie devant soi

GAUDÉ
- La Mort du roi Tsongor
- Le Soleil des Scorta

GAUTIER
- La Morte amoureuse
- Le Capitaine Fracasse

GAVALDA
- 35 kilos d'espoir

GIDE
- Les Faux-Monnayeurs

GIONO
- Le Grand Troupeau
- Le Hussard sur le toit

GIRAUDOUX
- La guerre de Troie
  n'aura pas lieu

GOLDING
- Sa Majesté des
  Mouches

GRIMBERT
- Un secret

HEMINGWAY
- Le Vieil Homme
  et la Mer

HESSEL
- Indignez-vous !

HOMÈRE
- L'Odyssée

HUGO
- Le Dernier Jour
  d'un condamné
- Les Misérables
- Notre-Dame de Paris

HUXLEY
- Le Meilleur des mondes

IONESCO
- Rhinocéros
- La Cantatrice chauve

JARY
- Ubu roi

JENNI
- L'Art français
  de la guerre

JOFFO
- Un sac de billes

KAFKA
- La Métamorphose

KEROUAC
- Sur la route

KESSEL
- Le Lion

LARSSON
- Millenium I. Les
  hommes qui n'aimaient
  pas les femmes

LE CLÉZIO
- Mondo

LEVI
- Si c'est un homme

LEVY
- Et si c'était vrai...

MAALOUF
- Léon l'Africain

MALRAUX
- La Condition humaine

MARIVAUX
- La Double Inconstance
- Le Jeu de l'amour
  et du hasard

MARTINEZ
- Du domaine
  des murmures

MAUPASSANT
- Boule de suif
- Le Horla
- Une vie

MAURIAC
- Le Nœud de vipères

MAURIAC
- Le Sagouin

MÉRIMÉE
- Tamango
- Colomba

MERLE
- La mort est mon métier

MOLIÈRE
- Le Misanthrope
- L'Avare
- Le Bourgeois
  gentilhomme

MONTAIGNE
- Essais

MORPURGO
- Le Roi Arthur

MUSSET
- Lorenzaccio

MUSSO
- Que serais-je
  sans toi ?

NOTHOMB
- Stupeur et
  Tremblements

ORWELL
- La Ferme des animaux
- 1984

PAGNOL
- La Gloire de mon père

PANCOL
- Les Yeux jaunes
  des crocodiles

PASCAL
- Pensées

PENNAC
- Au bonheur des ogres

POE
- La Chute de la
  maison Usher

PROUST
- Du côté de chez Swann

QUENEAU
- Zazie dans le métro

QUIGNARD
- Tous les matins
  du monde

RABELAIS
- Gargantua

RACINE
- Andromaque
- Britannicus
- Phèdre

ROUSSEAU
- Confessions

ROSTAND
- Cyrano de Bergerac

ROWLING
- Harry Potter à
  l'école des sorciers

SAINT-EXUPÉRY
- Le Petit Prince
- Vol de nuit

SARTRE
- Huis clos
- La Nausée
- Les Mouches

SCHLINK
- Le Liseur

SCHMITT
- La Part de l'autre
- Oscar et la Dame rose

SEPULVEDA
- Le Vieux qui lisait
  des romans d'amour

SHAKESPEARE
- Roméo et Juliette

SIMENON
- Le Chien jaune

STEEMAN
- L'Assassin habite au 21

STEINBECK
- Des souris et
  des hommes

STENDHAL
- Le Rouge et le Noir

STEVENSON
- L'Île au trésor

SÜSKIND
- Le Parfum

TOLSTOÏ
- Anna Karénine

TOURNIER
- Vendredi ou
  la Vie sauvage

TOUSSAINT
- Fuir

UHLMAN
- L'Ami retrouvé

VERNE
- Le Tour
  du monde en 80 jours
- Vingt mille
  lieues sous les mers
- Voyage au centre de
  la terre

VIAN
- L'Écume des jours

VOLTAIRE
- Candide

WELLS
- La Guerre des mondes

YOURCENAR
- Mémoires d'Hadrien

ZOLA
- Au bonheur des dames
- L'Assommoir
- Germinal

ZWEIG
- Le Joueur d'échecs

Et beaucoup d'autres sur lePetitLittéraire.fr

www.lepetitlitteraire.fr

ISBN version imprimée : 978-2-8062-7155-6
ISBN version numérique : 978-2-8062-7154-9
Dépôt légal : D/2015/12603/505

Conception numérique : Primento,
le partenaire numérique des éditeurs